AF454858

1901 - Novembre - 28

Vente du Jeudi 28 Novembre 1901
HOTEL DROUOT, SALLE N° 8

ESTAMPES

ANCIENNES ET MODERNES

Eaux-Fortes. Lithographies

CARICATURES

COSTUMES, MODES, VUES DE PARIS

DESSINS

1901

M° Maurice DELESTRE
Commissaire-Priseur
5, Rue Saint-Georges, 5

M. Paul ROBLIN
Marchand d'Estampes
65, Rue Saint-Lazare, 65

CATALOGUE
D'ESTAMPES
Anciennes & Modernes

EAUX-FORTES. LITHOGRAPHIES

MODES, COSTUMES, PORTRAITS

COSTUMES MILITAIRES

VIGNETTES, VUES DE PARIS, CARICATURES

DESSINS

Dont la Vente aux Enchères aura lieu

HOTEL des COMMISSAIRES-PRISEURS, rue Drouot, N° 9

Salle N° 8.

Le Jeudi 28 Novembre 1901
à trois heures.

Par le Ministère de Me **Maurice DELESTRE**, Commissaire-Priseur
5, Rue Saint-Georges, 5

Assisté de **M. Paul ROBLIN**, marchand d'estampes,
65, rue Saint-Lazare, 65.

PARIS — 1901

CONDITIONS DE LA VENTE

La Vente sera faite au comptant.

Les acquéreurs paieront *dix pour cent* en sus du prix d'adjudication.

M. Paul Roblin, expert chargé de la vente, se réserve la faculté de rassembler ou de diviser les lots.

DÉSIGNATION

ESTAMPES

ADAM (Victor)

1 — Batailles de la Révolution et du Ier Empire. Neuf lithog. in-4. Belles épreuves.

2 — Proverbes en actions. Titre et vingt-une lithographies in-4 cart.

3 — Un An de la Vie d'un jeune homme, histoire véritable en 17 chapitres écrits par lui-même et lithographiés par Victor Adam. 1824. Titre et 17 pièces in-4 cart.

ADELINE (Jules)

4 — Le Cortège historique organisé en 1880 par le Comité des fêtes de bienfaisance de Rouen : Entrée du Roy Henry II à Rouen en 1550. Vingt-deux eaux-fortes avec texte. *Rouen, E. Augé*, 1880, in-4 obl. dans la couverture de publication.

BACLER D'ALBE (L. A. G.)

5 — Vues de Suisse. Collection de un portrait du Général et 101 vues. Lithographies in-4 cart. obl. Bel exemplaire.

BALLONS (Pièces sur les)

6 — *Pilatre de Rozier* (F.). In-4 par Legrand d'après Pujos. Belle épreuve.

7 — Le Chat miaulan fouetté par le Suisse. — Vaisseau volant de M. Blanchard dans lequel il est parti seul le 2 mars 1784, du Champ de Mars. Deux pièces dont une coloriée.

BARTOLOZZI (Fr.)

8 — *Pisani* (Aloysius). In-4 d'après Pellegrini. Belle épreuve imprimée en couleur.

BAUDOUIN (d'après P. A.)

8 *bis* — La Toilette par N. Ponce (E. B. 48). Belle épreuve. (raccommodages).

BENOIST

9 — La Matinée du Bois de Romainville. — L'Après-Midi des Prés Saint-Gervais. Deux pièces faisant pendants d'après Corbet, in-4. Belles épreuves, marges.

BENJAMIN

9 *bis* — Le Panthéon Charivarique. Recueil de soixante-quatorze portraits-charges, in-4, cart.

BOILLY (Louis)

10 — Recueil de grimaces par L. Boilly. *A Paris, chez Delpech, Quai Voltaire, n° 23, s. d.*, in-4 cart. Titre et cent planches coloriées, très rare.

11 — Ah, qu'il est bon ! — La Rosière. — La Mariée. — Les Cinq Sens. — L'Enfance. Six pièces coloriées : *des Grimaces*. Belles épreuves à toutes marges.

BOILLY (d'après Louis)

12 — Ah ! ah ! qu'il est sot. — Poussez ferme. Deux pièces faisant pendants, gravées par Petit. Belles épreuves, marges.

13 — La Crainte mal fondée. — La Tourterelle chérie. Deux pièces faisant pendants, gravées par Allais. Marges.

14 — Défends-moi. — La Leçon d'amour conjugal. Deux pièces faisant pendants, gravées par Petit, marges.

BOUCHER (d'après Fr.)

15 — Deux lettres ornées. Deux portraits et deux vignettes têtes de pages, gravées par L. Cars et Cochin le fils, pour : *Tombeaux des Princes, des Grands Capitaines et autres hommes illustres de la Grande Bretagne mis au jour par les soins de Eugène Mac Swini 1736, gr. in-fol.* Belles épreuves en tirage hors texte, à toutes marges,

BOURGEOIS (C.)

16 - Vues de la Suisse et de la Grande Chartreuse, 1822. Cinquante Lithographies in-fol., demi-rel.

BRETON (à Paris, chez Mme)

17 — Joseph et Zaluca. Deux épreuves imprimées en bistre, dont une à toutes marges.

BRISSOT (F.)

17 *bis* -- Forêt de Compiègne. Suite de onze lithographies in-4 en larg. dans la couverture de publication.

CARICATURES

18 - Deux contre un. — Les inconvénients de la chasse. Deux pièces publiées chez Basset. Epreuves coloriées à toutes marges.

19 -- Ils sont assez savants. — Le Vin et les Femmes. — Le coup d'œil. — Faites attention. - La pluie d'Amours. — Costumes, etc. Neuf pièces noires et coloriées.

20 — Duo de Seringues à bâton mécanique entre deux époux du Marais. — Nous y voilà. — La Ribotte, au diable la Seringue, vive le Clysoir. — Servez la bavaroise. — La famille économe. — A la fortune du pot. Six pièces coloriées sur les seringues, etc.

21 — Vous êtes bien long jeune homme. — Faut-y qu'un homme soit !... cochon. — Les besoins. — Il la gobe, ou la curiosité punie. — Chacun son tour. Cinq caricatures scatologiques. Epreuves coloriées, une est en noir.

22 — Décence. — Je suis au K ; et moi je suis au T. - Délicieux ! délicieux ! — Ah ! Aye !... le cas est pressant. — Gare l'eau ! C'est de la....... etc. Six caricatures coloriées dont un dessin.

CARMONTELLE (d'après L. C de)

23 — Vues des Jardins de Monceau. Cinq pièces in-fol. en larg. Belles épreuves.

CHARLET

24 — Histoire de Valentin. Suite de cinquante et une lithographies in-4. Epreuves sur papier de Chine à toutes marges. (Dix pièces sont sur blanc).

CICÉRI (Eug.)

25 — Vues des Pyrénées. Collection de quarante-six lithographies à toutes marges.

COCHIN LE FILS (C. N.)

26 — Suite de Dix pièces in-4 avec légendes en vers au-dessous des titres, pour les Comédies de Molière d'après François Boucher et publiées chez Sélis. Belles épreuves, grandes marges (une est plus courte). Très rare.

COLLIN (Richard)

27 — *Charles II* roi d'Espagne, in-fol. Belle épreuve

COSTUMES

28 — Le Siècle de Louis XIV ou Vie des personnages célèbres qui ont illustré ce siècle. *A Paris, chez Gide fils*, in-18 (vingt-neuf planches coloriées), dans un étui.

29 — Travestissements, costumes de divers pays. Douze pièces par Gatine d'après Lanté Epreuves coloriées.

30 — Costumes de modes depuis Louis XI jusqu'à l'époque de Louis XVI. Suite de quinze pièces in-4, coloriées, d'après Compte Calix, cart.

31 — Costumes historiques, depuis Clovis jusqu'à la Révolution française, suite de trente-six lithographies de Lacauchie. Epreuves coloriées, in-4 cart.

32 - Costumes français et étrangers, portraits, etc. Quarante-cinq pièces en noir et coloriées.

33 — Costumes de divers pays. Recueil de cent planches, gravées par Gatine in-4 cart. Belles épreuves coloriées.

COSTUMES

34 — Collection des Costumes de la Suisse et de ses pays limitrophes, *publiée par Keller et Fussli à Zurich*, s. d., in-32. Titre et vingt-quatre planches coloriées dans un étui.

COSTUMES MILITAIRES

35 — *Detaille* (Edouard). L'Armée française, types et uniformes. Texte par Jules Richard. Paris, Boussod, Valadon et Cie, 1884, 15 livraisons dans les cartonnages de publication. Exemplaire sur papier vélin.

36 — *Detaille* (Edouard). L'Armée française, types et uniformes. Texte par Jules Richard. Paris, Boussod, Valadon et Cie, 1884 8 livraisons (1er volume), dans les couvertures de publication. Exemplaire sur papier du Japon, avec les planches avant la lettre (N° 80)

37 — *Montrosier* (Eugène). Les peintres militaires, ouvrage orné de vingt planches en photogravure. *Paris, Launette,* 1881, gr. in-8 dem.-rel. chag. rouge avec coins.

38 — Esquisses historiques des différents corps qui composent l'Armée française, par Joachim Aubert, officier de dragons, etc., dessiné par Charles Aubry. *A Degouy éditeur*, in-fol. dem.-rel. (Exemplaire avec les planches coloriées).

39 — Portraits de Bonaparte, des généraux et des soldats de la 1re République, gravés à l'imitation de crayon par M. de Paroy, amateur *A Paris, chez l'auteur*. an XIII (1805). Huit pièces in-4 à toutes marges.

CUVILLIER (Ad.)

40 — Souvenirs de la Suisse. Recueil de vingt-cinq lithographies coloriées, in-4 obl. cart.

DAUMIER (H.)

41 — Croquis d'expressions. Nos 5, 21, 32, 45, 46. Cinq lithographies coloriées du 1er tirage.

DAVID (C.), **GAULTIER** (L.)

42 — *Elisabeth* Reine d'Angleterre. — La Feu Reine d'Ecosse. Deux portraits. Belles épreuves (une est restaurée).

DAVID (Jules)

42 *bis* — Recueil de sujets dramatiques ou gracieux, formant pendants, 1835. Huit lithographies in-4 en larg. dans la couverture de publication.

DAVID (Louis)

43 — Le Peintre Louis David, 1748-1825. Suite d'eaux-fortes d'après ses œuvres, gravées par J. L. Jules David, son petit-fils. *Paris, Victor Havard*, 1880, in-4 en livraisons (soixante-sept planches gravées).

DEBUCOURT (L. P.)

44 — Retour des Champs d'après C. Vernet (408). Epreuve en noir (un peu rognée dans le haut).

DELACROIX (Eugène)

45 — Hamlet. Treize sujets dessinés par Eugène Delacroix. *A Paris, chez Gihaut frères* éditeurs (76-88). Belles épreuves sur blanc du tirage originaire dans la couverture de publication (tirage à 60 exemplaires).

DEMARTEAU (G.)

46 — Le Musicien (448). — Sainte Thérèse (645). — Jupiter et Io. Trois pièces à la sanguine et aux crayons de couleur, d'après Boucher, Clermont et Taillasson de Bordeaux.

47 — Le Chat Chéri, d'après Boucher (545). Belle épreuve aux crayons de couleur.

48 — Etudes de têtes et Académies. Treize pièces noires et sanguine.

DEROY (d'après)

49 — Vues des bords de la Loire. Dix lithographies in-4.

DESBOUTINS (Marcellin)

50 — Portrait de l'Artiste, de face, tourné à gauche, coiffé d'un grand feutre mou, in-4 (H. B. 29). Epreuve de graveur.

51 — Le fils de Desboutins, (guignol en chambre) (4). — Chats jouant avec une horloge. Deux épreuves d'artistes.

52 — *Lepic* (Le Comte), graveur à l'eau-forte (20). — *Manet*, peintre (21). Deux portraits in-4, épreuves de graveur.

53 — *Bigot* (Ch.) (77). — *Carrier-Belleuse* (80). — *Cohen* (83). — *Lépine* (95). — *Puvis de Chavanne* (103). — *Zola* (112). — Le même personnage, différent. Sept portraits in-8 et in-4, épreuves de graveur.

54 — Etude de tête d'après Berend. — *Dubuffe*, 2 ép. — *Corot*. — *Lebrun* (Mme Vigée). — Inconnu. Six portraits in-4. Belles épreuves de graveur.

55 — Portraits d'inconnus ; eaux-fortes et dessins originaux. Six pièces.

DESSINS

56 — **Chevalier**. Cartouche orné d'attributs guerriers, avec armoiries au centre. A la plume, signé : *Fait à la plume par Chevalier à Montpellier, 1783.*

57 — **Ecole Italienne**. Mars. Vénus et l'Amour. A la plume.

58 — **Lavrate**. Charges et caricatures. Cinq aquarelles, signées.

59 — **Nollet**. L'Air, allégorie ornée d'arabesques. A la plume, signé : *Nollet fecit*, 1734.

60 — **Romanelli** (J. F.). Mort de l'Amour. Sanguine.

61 — Vingt-sept dessins anciens et modernes. Costumes, paysages, ornements, etc.

DIVERS

62 — Forges et fonderies de fer. Texte et soixante-cinq planches tirés de l'Encyclopédie de d'Alembert et Diderot.

63 — Estampes de toutes les Ecoles Anciennes et modernes. Cent soixante pièces de tous formats (trois lots).

63 *bis* — Sujets gracieux. Dix-huit pièces en chromolithographie.

64 — Lithographies et eaux-fortes, Vues, Paysages, Caricatures, Sujets gracieux, etc. Soixante-treize pièces.

64 *bis* — Voyage autour du monde de Dumont d'Urville, planches sur acier et lithographiées. Cinquante-deux pièces la plupart avant la lettre sur papier de Chine.

65 — Vues d'Angleterre, Italie, Egypte, Syrie, etc. Quarante pièces in-4 sur papier de Chine.

66 — Vues de Savoie. — Paysages, fac-simile par Allongé. Neuf pièces.

67 — Vues Daguerriennes : Europe, Asie, Afrique et Amérique. Vingt-neuf vues in-4 obl. cart.

68 -- Vues de Paris, Théâtre, Costumes, Caricatures, Sujets de genres. Quarant· quatre lithographies en noir et coloriées

DUVIVIER

69 — Suite de un portrait et dix figures in-8, gravées à l'eau-forte d'après Dantan, 1884, pour *Une page d'amour* de Zola. Epreuves avant la lettre sur papier de Hollande in-4.

EISEN et MARILLIER (d'après)

70 — En têtes pour les 5e et 14e baisers — Culs-de-lampe pour les 7e, 11e et 14e baisers. Cinq pièces en tirages hors texte dont une à l'eau-forte pure. On y a joint le frontispice avec la lettre, ensemble six pièces.

FESSARD (Et.)

71 — Fronton de la place Royale de Bordeaux, d'après Cl. Francin in-4 en larg. Belle épreuve.

FRAGONARD (Honoré)

72 — Les Quatre Bacchanales (P. de B. 6-9). Suite de quatre pièces gravées à l'eau-forte. Très belles épreuves, marges.

FRAGONARD (d'après H.)

73 — Bacchanales et sujets variés. Suite de dix pièces (numérotées 1 à 10) gravées au lavis par l'abbé de Saint-Non. Belles épreuves.

FRAGONARD et Mlle GÉRARD (d'après)

74 — L'Enfant chéri. — Le premier pas de l'Enfance. Deux pièces faisant pendants, gravées par Vidal. Belles épreuves

FRAGONARD FILS (d'après)

75 — L'Elève de l'Amour. — La jeune initiée. Deux pièces faisant pendants gravées par Copia et Roger.

76 — Frontispices in-fol. avec portraits de Napoléon Ier et de Marie-Louise, gravés par Benoist. Deux pièces. Belles épreuves.

GAVARNI

77 — Les Douze mois, dernière œuvre de Gavarni. *Paris, Aug. Mare et Cie*, 1870. Texte et douze pièces dans la couverture de publication.

GRÉVEDON (H.)

78 — Delie. — Emma. — Marie. — Quintilia. — Rosine. — Suzette. — Portraits supplémentaires, nos 2, 4, 5, ensemble neuf lithographies pet. in-fol., toutes marges. Très belles épreuves.

79 - Costumes de femmes de divers pays. — Enfance. — Le Midy. — Le Soir. — Duchesse. — L'Enfant prie. — Gabrielle. — Vous me flattez ! etc. — Seize lithographies in-4 et in-fol. plusieurs sur papier de Chine.

80 — Portraits de Musiciens, Acteurs, Actrices, Littérateurs, Clergé, etc. Trente lithographies in-4 et in-fol.

GUIBERT (J. B.)

81 - Recueil des principales Antiquités de la ville de Nismes et de ses environs, ainsi que toutes celles qu'on a trouvé sous les ruines de son enceinte. *A Nimes, chez Buchet libraire*, 1788, in-fol. en larg. Titre et dix planches. (Mouillures).

HERSENT (d'après)

82 — Daphnis et Chloé, par Fr. Gelée. Belle épreuve avec le cachet, marges.

HUET (d'après J.-B.)

83 — Offrande présentée par l'Amour à la Fidélité, par Bonnet, en couleur. Belle épreuve.

INGRES (d'après I.)

84 — *Jeanne d'Arc*. — *Lafontaine* — *Le Sueur*. — *Racine*. Sept portraits in-4, gravés par Dien, Laugier et Pollet. Très belles épreuves d'artistes, en différents états.

ISABEY (d'après I.)

85 — Wanda, Pauline et Emma, filles de Severin Potocki et d'Anne Potocka, née Sapiecha. In-fol. ovale par Copia. Très belle épreuve.

JAZET

86 — Mœurs du 19e siècle : No 1. Les petits Bourgeois parisiens en partie de campagne, ou le dîner renversé. — No 2. La pluie d'orage ou le désagrément de dîner en plein air. — No 3. Une heure avant le concert ou les musiciens à table. — No 4. Une heure de retard pour le concert ou les musiciens en route par une averse. Suite de quatre pièces coloriées, très belles épreuves.

87 — Les Amusements de l'hiver. Belle épreuve en couleur.

88 — Dernier trait de courage du Prince Poniatowski. — Le Prince Poniatowski retrouvé dans l'Elster. Deux pièces faisant pendants, gravées à la manière noire d'après Martinet. Grandes marges.

JEAURAT (d'après)

89 — Déménagement d'un peintre. — Enlèvement de police. Deux pièces par Cl. Duflos. Epreuves à toutes marges.

JEUX (Pièces sur les)

90 — Jeu des monuments de Paris. *A Paris, chez Basset.* Belle épreuve.

91 — Jeu du voyageur en Europe. — Jeu instructif des fleurs. *A Paris, chez Basset.* Deux pièces.

JOHANNOT (Tony)

92 — Suite complète de quatre-vingt-quatre fleurons de titres dessinés et gravés par Tony Johannot pour les Œuvres de Walter Scott. Ed. Ch. Gosselin. Epreuves avant la lettre sur papier de Chine à toutes marges.

KAUFFMANN (d'après Ang.)

93 — L'Amour courroucé. — L'Amour désarmé par les Grâces. Deux pièces en médaillon gravées par Miss Martin et Pariset. Epreuves à toutes marges.

LE BARBIER (d'après)

94 — La Fidélité. — Tendresse maternelle. Deux pièces pet. in-fol. faisant pendants, gravées par Saint-Amand de St-Gilles. Belles épreuves à toutes marges.

LEGRAND (Augustin)

95 — Bain de Diane. — Jeux des nymphes. Deux pièces faisant pendants, d'après Amiconi. Épreuves en sanguine, une est avant la lettre. (Mouillures).

96 — Jeanne de Navarre, duchesse de Bretagne, au tombeau de son époux — Valentine de Milan, duchesse d'Orléans. Deux pièces in-fol. faisant pendants, imprimées en couleur. (Mouillures).

LEMUD (A. de)

97 — Maître Wolfframb. Lithographie in-fol. en larg. 1838 (H. B 9). Belle épreuve avec la première adresse, encadrée.

LEROUX (J. M)

98 — La Dame de Charité d'après Mme Haudebourt-Lescot, 1824. Très belle épreuve avant la lettre et avec le cachet.

LEVACHEZ (A Paris chez)

99 — *Belmont* (Mme) dans Fanchon la Vielleuse, in-4.

MADOU

99 *bis* — Physionomie de la Société en Europe, depuis le XIVe siècle jusqu'à nos jours. Titre et quatorze tableaux lithographiés par Madou, in-fol. en larg., cart. (dérelié).

MARLET

100 — Dîner du Vaudeville, Caveau moderne, Soupers de Momus. Réunion de 41 portraits de chansonniers sur la même feuille. Belles épreuve sur papier de Chine, avec le trait explicatif. Deux pièces.

MARTIAL POTÉMONT

101 — Les Boulevards de Paris. Texte et eaux-fortes par X. Aubriet et A. P. Martial. *Paris*, 1878, gr. in-8, texte et 48 pl. (H. B. 8).

102 — Les Femmes de Paris pendant la guerre. Suite de douze eaux-fortes (12). Epreuves sur papier de Hollande dans la couverture de publication.

103 — Les Marins de la défense. Suite de seize eaux-fortes (13). Epreuves sur papier du Japon dans la couverture de publication.

104 — Les Prussiens chez nous. Suite de douze eaux-fortes (14) Epreuves sur papier du Japon, dans la couverture de publication.

105 — Paris sous la Commune. Suite de douze eaux-fortes dans la couverture de publication. Epreuves sur Japon.

106 — Notes et dessins d'un Japonais sur Paris pendant l'Exposition de 1878. Dix-huit eaux-fortes (22). Epreuves sur Japon (n° 18).

MAUGENDRE (A.)

107 — Album de trente vues dessinées d'après nature et lithographiées, des Mines et Fonderies de zinc de la Vieille Montagne. 1850-1851, in-fol. cart. Epreuves coloriées.

MEISSONIER (d'après E.)

108 — Œuvres complètes de E. Meissonier 1re et 2e année. *Paris, J. E. Lecadre Ed., s. d.* Cent quatorze planches en photogravure. Epreuves sur papier de Chine avant la lettre, in-fol. dans les cartons de publication.

MIALHE

109 - Excursion dans les Pyrénées, 1836. Suite de quatre-vingt-treize lithographies in-fol. obl., demi-rel.

MONDON (d'après)

110 — Le temps de l'Après-dînée, par Aveline le fils. Belle épreuve.

MORLAND (d'après)

111 — Les devoirs maternels, par Gardelli. Belle épreuve, marges.

NAPOLÉON (Pièces sur)

112 — Combat de Nazareth (nº 5). — Bataille et prise d'Alexandrie (23). — Bataille de Fleurus (29). — Bataille d'Eylan (48). — Siège et prise de Sarragosse (60). — Bataille de Wagram (62). Six pièces in-fol. d'après Naudet. Epreuves à toutes marges (Mouillures).

113 — La Colonne de la Grande Armée d'Austerlitz, ou de la Victoire, Monument triomphal élevé à la gloire de la Grande Armée par Napoléon. 40 planches gravées en taille-douce par Amb. Tardieu, in-4 cart.

114 — La Valeur est immortelle en France. — Travaux d'Aigueville, capitale des Etats de Marengo. — Les Aigles brûlés. — Champs d'Asile. — Après le combat. Cinq piè-pet. in-fol. par Charon, Martinet, Bellangé, etc.

ORNEMENTS

115 — **Bosse** (A.). Livre d'Architecture d'Autels et de cheminées, dédié à l'Eminentissime Cardinal Duc de Richelieu. De l'invention et dessin de J. Barbet, 1623. Titre, feuille de dédicace et dix-huit planches in-4. Belles épreuves, grandes marges (manque la planche 3e).

115 *bis* — **Daly** (César). Motifs divers de serrurerie. *Paris, Ducher, s. d.*, 2 vol. in-fol. cart. (65 planches).

116 — **Du Vivier** (J.). Cartouches pour miroirs et Armoiries ; cahier de six planches in-4 par de Poilly, épreuves à toutes marges (manque le titre). On y a joint deux planches de pendentifs, fleurs et fruits. Ensemble 7 pièces.

117 — **Redouté.** Roses, huit pièces coloriées. Belles épreuves avant la lettre.

ORNEMENTS

117 *bis* — L'Art du serrurier. Texte et cinquante-neuf planches tirées de l'Encyclopédie.

118 — Menuiserie et Serrurerie. Quinze feuilles par Tessier, Basset et autres.

118 *bis* — Monographie de l'Œuvre de Bernard Palissy. Douze planches en couleur.

119 — Recueil des ouvrages en Serrurerie que Stanislas le Bienfaisant, Roy de Pologne, Duc de Lorraine et de Bar, a fait poser sur la place de Nancy. *Chez Nicolas Digout, Imprimeur Lithographe*, in-fol. cart.

PARIS ET ENVIRONS

120 — A Tour through Paris, illustrated with, Seventeen colored Plates, accompanied with descriptive letter-press. *London, published by William Sams*, s. *d.*, in-4 cart. Bel exemplaire.

121 — Gymnase nautique ou Ecole Thermale et permanente de natation. *Adjonction à la compagnie immobilière des Champs Elysées (jardin d'hiver).* Emission au pair des 1000 dernières actions de la compagnie immobilière des Champs-Elysées. Lithog. in-4, rare.

122 — Paris et ses avant-postes pendant le siège 1870-1871. Suite de douze eaux-fortes par L. Desbrosses. Epreuves sur papier de Hollande, dans la couverture de publication.

123 — Vues de la capitale, dessinées d'après nature et lithographiées par Ph. Benoist et J. Jacottet. Quinze pièces. Belle épreuves.

124 — Histoire lithographiée du Palais Royal dédiée au Roi, publiée par M.J.Vatout, 1er Bibliothécaire du Roi. Imprimé par Ch. Motte, s. d., in-fol. dem.-rel. Recueil de trente-cinq planches sur papier de Chine.

PARIS ET ENVIRONS

125 — Autour de Paris, après la guerre. Suite de douze eaux-fortes par Edmond Yon. Epreuves sur Hollande dans la couverture de publication.

126 — La même collection, épreuves sur papier du Japon, dans la couverture de publication.

127 — Splendeurs et fastes de Versailles. Album pittoresque de jolies gravures en taille-douce, dessinées par les plus éminents artistes et gravées sur acier à la manière Anglaise, in-4 obl. cart.

128 — Le Bois de Vincennes, décrit et photographié par Emile de la Bedollière et Ildefonse Rousset. *Paris, Maison Giroux, 1876*, in-4 cart.

PATER (d'après)

129 — L'agréable société, par Fillœul. Epreuve ancienne coloriée.

130 — Scènes du Roman comique de Scarron, neuf pièces in-fol. en larg. Epreuves avant la lettre, coloriées, marges.

PENTZ (Georges)

131 — Frontispice in-4 en larg. avec portrait de Ferdinand Ier. Belle épreuve avec texte au verso.

PERELLE

132 — Suite de paysages et vues d'après nature. Vingt-six pièces in-8 et in-4 en recueil.

PETIT (Victor)

133 — Souvenirs des Pyrénées. Collection de quatorze lithographies in 4 obl. cart.

PIERDON (F.)

134 — Saint-Cloud brûlé ! 1870-1871. Suite de douze pièces gravées à l'eau-forte dans la couverture de publication.

PIGAL

135 — Mœurs parisiennes, par Pigal. *Paris chez Gihaut frères, s. d.*, in-4, dem.-rel. mar. rouge. (Titre et cent lithographies coloriées) ; quelques-unes sont plus courtes.

136 Mœurs parisiennes. Quatorze lithographies coloriées.

137 — Les Proverbes. Suite de soixante-six lithographies in-4 coloriées, cart. (quelques épreuves sont plus grandes de marges).

138 — Recueil de scènes populaires par Pigal. *A Paris, chez Martinet, s. d.*, in-4 cart. Titre et cinquante lithographies coloriées.

139 — Scènes populaires. Dix lithographies coloriées.

140 — Scènes de Société. Suite de un titre et cinquante et une pièces. — Médailles ou contrastes. Dix-neuf pièces, ensemble 70 lithographies in-4 cart. (dérelié).

PIRINGER

141 — Six paysages dessinés par Dietericy et gravés par Piringer à la manière de lavis. Titre et six planches in-4 en feuilles

PORRET

142 — Le Carnaval et marche burlesque du bœuf gras. Vingt-quatre dessins par MM. Seigneurgens et Achille Giroux, gravés par Porret, in-4 obl. cart.

PORTRAITS

143 — *Orry* (Ph.). — *Betzkoy* (Jean de). — *Rigaud* (H.). — *Secousse* (Rob). — *Soanen* (J.). — *Colbert de Villacerf*. — *Boullongne* (L. de). — *Saint-Simon* (Cl. de) — *Langle* (Pierre de). — *Charmois* (M. de). — Famille Royale, etc. Vingt-trois portraits in-4 et in-fol. par Edelinck, Drevet, Dupuis, Lépicié et autres.

144 — Littérateurs, Savants, Souverains, Acteurs, Actrices, clergé, Ministres et Hommes d'Etat, etc., environ trois cents portraits, gravures et lithographies de tous formats (10 lots).

PRUD'HON (d'après)

145 — L'Amour séduit l'Innocence. — Le Plaisir l'entraîne, le Repentir suit. Deux pièces faisant pendants gravées par Roger, épreuves avant la lettre.

146 — Constitution française. — L'Enlèvement de Psyché. — Hymen et bonheur. — Mange mon petit, mange. — Oh ! les jolis petits chiens. Cinq pièces in-fol. gravées par Copia, Roger et Muller. Deux sont avant la lettre.

147 — L'Amour réduit à la raison. — La Poésie. — La navigation. — Le Zéphir. — Le Coup de patte du chat. — Innocence et Amour. Six pièces in-4 et in-fol. gravées par Villerey, Laugier, Prud'hon fils et Copia. Trois sont avant la lettre ou avec la lettre grise.

148 — Daphnis et Chloé. — Aminta. — La Vertu aux prises avec le Vice. — En jouir. — Naufrage de Virginie. — Phrosine et Mélidor, etc. Neuf pièces par Copia et Roger. Deux sont avant la lettre.

PRUD'HON (d'après)

149 — Sujets divers. — Allégories. — Académies, etc Trente cinq pièces. Gravures et lithographies.

RAFFET (Aug.)

150 — Histoire de Jean-Jean. Suite de seize lithographies in-4 (H. G. 221-236) dans la couverture de publication. Belles épreuves à toutes marges.

RAPHAEL (d'après)

151 — Les Vierges de Raphaël, gravées par les premiers artistes Français. *Paris, Furne et Perrotin, s. d.*, in fol. dem.-rel. avec coins.

REDOUTÉ

152 — Les Roses. Cent soixante-six planches coloriées, in-fol. et in-4. Belles épreuves.

RÉVOLUTION (Pièces sur la)

153 — Mieux vaut tard que jamais. — Les formes acerbes. — Allégorie sur Joseph II. Trois pièces. Belles épreuves.

154 — Vignettes et Portraits pour *le Consulat de l'Empire* dessins de Raffet, 1845. Quarante quatre pièces.

155 — Vignettes in-8, d'après Ary Scheffer. Alfred et Tony Johannot pour l'*histoire de la Révolution Française* de M. Thiers. Trente-cinq pièces sur papier de Chine. — Douze vignettes de Borel pour Berquin, ensemble 47 pièces.

RICHOUX (L.)

156 — Album des baigneurs de Bourbonne-les-bains, composé d'une suite de vues de la ville et des principaux monuments. Lithographies par MM Chapuy, Courtin, Deroy, Jacottet et Sorieux, avec figures par V. Adam. Douze pièces in-4 en larg , belles épreuves sur papier de Chine, dem.-rel. maroq. bleu av. coins.

RUBENS (d'après P. P.)

157 — Galerie de Médicis. Suite de vingt-quatre estampes in-4. Epreuves sur papier de Chine.

SAINT-NON (Abbé de)

158 — Pensionnaires de l'Académie allant de Rome à Naples par le Procaccio et passant pendant la nuit la forest de Fondi, d'après Doyen. — Polichinel mort, d'après Tiepolo. — Petite fille à la chaufferette, d'après Greuze. Trois pièces au lavis.

SCHALL (d'après)

159 — Le premier Mouvement de la nature par Aug. Le Grand. Belle épreuve, marges.

SCHENKER (N.)

160 — *Moreau* (Le Général), in-4 d'après C. Vernet. Belle épreuve avant la lettre, imprimée en bistre.

SCHEFFER (J. G.)

161 — Ce qu'on dit et ce qu'on pense. Petites scènes du monde. *Paris, Lithog. de Gihaut frères, s. d.* (vers 1835). Vingt-sept lithographies coloriées, in-4 obl. cart.

SPORTS

162 — Voitures, attelages, chevaux. Onze lithographies par ou d'après Aubry, C. Vernet et Adam. Epreuves en noir et coloriées.

THÉATRE

163 — A Jean-Baptiste Provost, Sociétaire de la Comédie Française, etc. *Paris, Imprimerie de Jules Claye*, 1867, in-4 cart., avec huit portraits de l'artiste dans différents rôles.

THÉATRE

164 — Les huit portraits lithog. par Ch. Vogt. Epreuves avant la lettre à toutes marges.

THOMASSIN (L. H.)

165 — *Dauphin* (Monseigneur le). In-4 d'après J. de Troy. Belle épreuve.

VIGNETTES

165 *bis* — **Gœthe**. Huit figures in-8 de Johannot pour *Faust*. Epreuves avant la lettre sur papier de Chine.

166 — **Molière**. Suite de dix-sept figures in-8 de Desenne pour les *Œuvres* Ed. Lefèvre, 1824. Rares épreuves à l'eau-forte pure, marges in-8.

167 — **Sainte-Bible** (La). Suite complète de trente-trois gravures in-8, gravées par les meilleurs artistes pour l'Edition de Furne. Très belles épreuves avant la lettre sur papier de Chine, pet. in-fol. cart.

168 — Illustrations par *Don Quichotte*. Quarante-huit pièces de tous formats d'après Coypel et autres.

VILLENEUVE (De)

169 — Que veut-il voir.... ! d'après V. Ostade, médaillon gravé à la manière de lavis. Epreuve à toutes marges.

VUES D'OPTIQUE

170 — Charenton, Loudün, Le Havre, Venise, L'Incendie de la Foire de Saint-Germain, Bellevue, Libourne, etc. Vingt-quatre pièces coloriées.

WATTEAU (d'après Ant.)

171 — *La Roque* (Antoine de). — Départ des Comédiens Italiens en 1697. — Recruë allant joindre le Régiment. Trois pièces.

WHEATLEY (d'après F.)

172 — Le Retour du Marché. Belle épreuve avec marges.

GRANDE IMPRIMERIE DU CENTRE. — HERBIN, MONTLUÇON

www.ingramcontent.com/pod-product-compliance
Ingram Content Group UK Ltd.
Pitfield, Milton Keynes, MK11 3LW, UK
UKHW021036260726
13994UKWH00005B/2193

9 782329 391632